我用一生的相思
还轮回中欠你的诗债

献给 Sherry

雪篱集

子青 著

逢遇随缘 相思在我

台海出版社

图书在版编目（CIP）数据

雪篱集/子青著. -- 北京：台海出版社，2021.5
ISBN 978-7-5168-2996-7

Ⅰ.①雪… Ⅱ.①子… Ⅲ.①诗词－作品集－中国－
当代 Ⅳ.① I227

中国版本图书馆 CIP 数据核字（2021）第 077835 号

雪篱集

| 著　　者：子　青 |
| 出 版 人：蔡　旭 |
| 责任编辑：王　艳 |
| 封面设计：子　青 |

出版发行：台海出版社
地　　址：北京市东城区景山东街 20 号　　邮政编码：100009
电　　话：010-64041652（发行、邮购）
传　　真：010-84045799（总编室）
网　　址：www.taimeng.org.cn/thcbs/default.htm
E-mail：thcbs@126.com

经　　销：全国各地新华书店
印　　刷：炫彩（天津）印刷有限责任公司
本书如有破损、缺页、装订错误，请与本社联系调换

开　　本：880 毫米×1230 毫米　　1/32
字　　数：100 千字　　　　　印　　张：5
版　　次：2021 年 5 月第 1 版
印　　次：2021 年 5 月第 1 次印刷
书　　号：ISBN 978-7-5168-2996-7

定　　价：49.00 元

序

人生若只如初见

我和刘惠峰先生初识，源于一场词赛。记得当时惠峰兄以一首《菩萨蛮·七夕》："迢迢银汉双星怅，此情不负何曾忘。相会鹊桥中，无声泪眼朦。 千年情未了，且向人间眺。跨海有长桥，借来通碧霄。"获得了第五名的好成绩。我后又在"华夏一青诗意中国万里行"的活动中，见到了惠峰兄。或许因为他开朗的性格，又或许因为年龄相仿，我们成了莫逆之交。值惠峰兄《雪篱集》付梓，欣喜之余，谨以此文致贺。

诗词之美，美在哪里？美在我们对它的初始印象。人生若只如初见，诗词的美也像那初见一般。好似惠峰兄《雪篱集》开篇第一首词《霜天晓角》："眉厣含羞，当风更倚楼。轻粉含香似语，见人问，笑悠悠。春来谁之由，解释春去愁。更醉一波春水，三五点，也温柔。"初见般的感觉，美好的源头。

人生所经历的事情很多，值得回忆的也很多，但能经常映在心田难以忘怀的，却只是那记忆里的一点一滴。惠峰兄用诗词记录下来这些点点滴滴，难能可贵。当代人写古典诗词，或许很难有超越唐宋诸人的作品，但我们仍可以用诗家的情怀来记录人生，用诗词丰富生命的维度、张力与体验，从而唤起读者更多的共鸣。例如《雪篱集》中有一首诗《无题》："情之一字最难收，谁道临头不自由。远别每怜如梦散，新知还待有缘留。若为霜色侵云鬓，何必秋心冷月钩。来岁无端春事又，落花流水使人愁。"

有人说人生就像一杯酒，这杯酒只有还剩一半的时候才耐人品味。惠峰兄年过不惑，正是创作的高峰期。这时候写出来的作品，或更有味道。虽然《雪篱集》里的作品有一些稚嫩、青涩，然而这才是初见的本色。我们在品读《雪篱集》的时候，就是在回味和惠峰兄相似的人生。

人的经历只代表他的过去，不代表他的明天。我们品味的只是逝去的点滴人生，而品味这些点滴的时候，同时也似在憧憬美好的未来。未来会怎么样，我们相信将会比过去更加美好。同时也希望惠峰兄以后笔耕不辍，将人生的美好继续呈现给大家。让我们共同期待他更多的精彩！

李润锋

2021 年 3 月 23 日于成都

自序

我用一生的相思，还轮回中欠你的诗债

写给 Sherry

　　夫世间之美者，何其众也，余多深爱之。若春花、江河、山川、明月，更何况传统诗词乎？而余更偏爱诗词。盖因国学诗词之美，在其意境、境界，音律、平仄；言辞婉转，发乎于情、动之以文、行之以比兴。虽历千载而不减其韵味；兴亡更替而不失其传承。由此可见一斑也。

　　故余常沉迷于李后主一江春水之愁、柳屯田为伊人之消瘦、秦少游驿寄之梅花、姜白石当初种下之相思、辛稼轩蓦然回首所见之人、李易安寻寻觅觅之寂寞、纳兰之若只如初见。因此余诗词行文，多凄婉哀怨之语，皆是受先贤各家影响，难免有眉头心上之愁，挥之不去。

　　人至中年，始信命运。乃因余等红尘中人，尽皆难以挣脱。若一演者，手持剧本，虽知其情节始终，奈何无法改变。只能无力按其注定剧情徐徐前行。然人生之所行、所遇、所逢、所离分，皆难逃缘字。故常常沉思于深夜，探缘之因由。

　　何为缘？余所感所得者，今生遇卿之一事，即为宿缘。何也？当半生之过往皆做曾经，不堪回首。手夹香烟品读寂寞、醉醒之间浅酌孤独。所幸者，认识卿也。故余之诗词，始有生气、眷恋与希望。

人在红尘，俯仰一世，或于某年某月某日某时，茫茫人海之中，蓦然回首之际，逢遇某人；或因缘际会、日久而往，渐生情愫；或感应于相识之初，四目相视之际，断定终身。途径万殊，境遇不同，当欣其所逢所遇，即为缘，或可称之命运。元好问词《摸鱼儿》有句云"问世间情为何物、直教人生死相许"，可谓道尽芸芸众生之恨也。

观我等众生，皆莫能左右者，唯情而已。情之所系，本无根由，情之所至，身不由己。若你我之间即是如此。念千载之悠悠、三生之所愿，皆为今生相逢。动人心者，彼之发、之眸、之唇、之一举一动、之一颦一笑。似梦而不知所起、似幻而不知所终、庄周蝴蝶而不知是耶非耶，常疑为虚诞。

至今犹记初见之日，是夜之梦，迷雾忽起，雾中伸手不见五指，穿雾而出，见卿立于前，笑意盈盈。千年等待、累世宿缘，化为一朝逢见。焉能不令人忽生感想，以为余生之所待、情缘之所寄耶？故我以余生之执着、诗家之情怀，寄于诗词之间。为卿所题第一首词《霜天晓角·海棠》而起，由喜欢，到爱慕，以致无法自拔之痴恋。

卿未做一事，然已自替换原梦里之容颜，未承一诺，已令"行行都是关卿字"。可是轮回无尽中，余欠卿诗债三千？历岁月之轮转、堆积为情，化一缕相思，以还卿之债乎？

每念人生，经历风景无数，认识之人众多，然非所有风景都令人迷恋，也非所有认识之人皆让人记忆犹新。然卿，是余生命中最美风景、最深眷恋、最难忘却之人！

好友评余《霜天晓角·海棠》，曰观其不胜美也，读之似见伊人之美。其不然，词未能将卿之美、之韵表达万一，纵《雪篱集》诗词之和亦不能及也。

　　《雪篱集》正文计诗词八十有余，皆为卿而写，因卿而生。观其数，甚是诧异，相识数月虽短，然情丝已长。灵感之迸发，情怀之所至，将余所思、所念、所感、所想、所愿、所恨者，皆入诗词之中，寄于比兴之间。

　　余唯一为卿可做之事，唯将《雪篱集》谨献于卿。

子青

2021 年 3 月 23 日于北京

目录

第六章 不是终章的终章 69

附 95

贺诗 95

游记感怀 101

目录

第一章 初识

新词长记初相识、初见，永远都是最美的。

霜天晓角

海棠

眉靥娇羞，
当风更倚楼。
轻粉含香似语，
见人问，
笑悠悠。

春来谁之由，
解释春去愁。
更醉一波春水，
三五点，
也温柔。

你犹如一支海棠，在春风中摇曳。

渔歌子

今有佳人，以梅为题

雨潇潇，风细细，
情怀依旧漫盈砌。
香寂寥，影憔悴，
冷透一池春水。

雨有晴，春未已，
折枝试问妆成未。
我以痴，换君泪，
但求人间同醉。

你的情是冷的，一如被冰雪覆盖的梅花，冻透
人的心底，可我却愿走进你的心，融化你的冰。

雪篱集

第二章 说缘

好像是突然之间，打开了灵感的大门，剪不断、理还乱，是心头的思绪。

江城子

秋山偏爱近黄昏，
叶纷纷，语难陈。
心上平添，
横竖几多痕。
窗外不知何处雨，
漫吹去，了无尘。

思多最是易伤神，
向谁人，问前因。
只是缘来，
怎个倍销魂。
唯有此情难看破，
君不见，几回春。

缘来得这么突然，让人有些措手不及，有些不知所措，却将人生悄然翻开了新的一页，我看不透未来，也在害怕未来。

昙花

淡妆别是最多情，
不肯崔颓过五更。
顾影何须昏晓倚，
无言只自去来轻。
香邀独酌愁连鬓，
谁寄微吟月满城？
圆缺未由频问取，
缘非一字可关卿。

都说昙花，因缘而见，因缘而开。

蝶恋花

向夜自怜还自顾。
　却为缘来，
　月下霓裳舞。
不伴西风斜日暮，
含羞不肯栖朝露。

道是缘君腰束素。
　憔悴今宵，
　欲把前因悟。
如若今生轻别去，
他朝再遇知何处。

我悟不出这份突如其来的喜爱之情的前因
与后果，所以只能归结到缘吧！

无题

情之一字最难收，
谁道临头不自由。
远别每怜如梦散，
新知还待有缘留。
若为霜色侵云鬓，
何必秋心冷月钩。
来岁无端春事又，
落花流水使人愁。

都说覆水难收，情何尝不是如此！

9

如梦令

窗外西风月朗。
偏惹几多思量。
一叶入新词，
却道去留惘惘。
难放，难放。
落在眉间心上。

面对冰冷的回应，去还是留？只能问自己
的内心。

第三章 梦别离

你说喜欢江南的烟雨、爱江南的轻棹，突然之间我感觉我将要永远地失去你，那么就在诗词当中，送你远行江南吧！

送别

送别通州风又西，
天高北雁几行啼。
前缘已断棹声远，
新句空余塔影低。
乌巷月明非寂寞，
芦花霜色正凄迷。
想来应是爱春好，
认取南枝君可栖。

在诗词中，送你去江南寻找你想要的梦。

踏莎行

秋水谁看？
暮云欲堕。
伤情杨柳千丝左。
折来杨柳系君愁，
如何难系清江舸。

逢遇随缘，
相思在我。
问寻何处花前过。
石头城里有谁人，
为君肠断牵心个。

真的能送走吗？送走后留给我的会是什么？

蝶恋花

去岁春风缘未有，
一朵枝头，
新识情如旧。
蝴蝶无端初邂逅，
笑轻谁舞双罗袖。

错觉拈花簪上首，
不意过肩，
漫向东风瘦。
我逐清波君入牖，
更无一字缘后。

有缘是缘，无缘也是缘，区别是缘字的后面，有没有少了一个字。

第四章 囚笼

是我自己在用我的情来结网，最后困住自己，你是这网上的猎食者，主宰着我的命运。

立冬

晚枫零落晚阳红，
谁把尘间换北风？
人道秋思今日易，
诗传雁字此心同。
登高纵目景无尽，
对月倾怀杯不空。
若是多情丝结网，
哪来鹦鹉落君笼！

原来你的心就是我的囚笼，我却怎么也挣扎不出去。

踏莎行

寄怀

薄酒难眠，
灯寒久坐，
秋来空把眉心锁。
雁行不肯锦书传，
菊花霜后才成朵。

逢遇随缘，
相思在我，
不知此事如何躲。
月明几欲解情怀，
秋风却问谁人可。

原来，相思在我，而不在你。

蝶恋花

鬓上簪花开似许。
正好相思，
拟做牵肠句。
不觉此间情暗著，
而今空怨新词误。

欲把思量强解悟。
道是为缘，
半是为君故。
明月亏盈知几度，
前生想料曾回顾。

细细想来，如果没有那一首《霜天晓角》也许就不会有后面的故事了吧！

蝶恋花

情到秋深枫叶下，
　一望潇潇，
　几欲相思话。
细雨斜阳吟未罢，
清辉又入无眠夜。

原是情多无意惹。
　谁解因由，
　一念成牵挂。
两字同心容易写，
新词长记相逢乍。

秋天正是相思的季节，所以秋天有了牵挂。

19

第五章 相思几许

到了这个时候，我已经分辨不出到底是真的喜欢，还是心底仅有的执着，也许太过执着，就真的是痴吧！

无题

无边锦绣入望中，
今岁秋岚别不同。
眉月初逢愁鬓色，
蕙兰似旧问烟鸿。
牵怀唯怨新词误，
得句空思清影蒙。
最是西风能解意，
特教枫叶漫山红。

可是我的相思染红了这漫山的枫叶？

风

零落缘非片影轻，
沉浮看取几云横。
不胜春好百花瘦，
频起秋深千壑鸣。
催促客帆相继远，
登临楼谢又来迎。
江湖踪迹犹难定，
一念谁知何处生。

这风从何处而生？吹动人的思绪。

蝶恋花

昨夜枕边珠泪满。
梦里才逢，
醒恨人天远。
不觉鬓间霜色半，
愁随流水来时浅。

今夜梦中人暗换。
明月无言，
怕是皆虚幻。
春去如何能复返？
余生莫许空成怨。

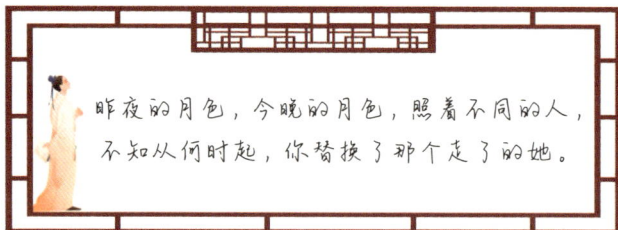

昨夜的月色，今晚的月色，照着不同的人，
不知从何时起，你替换了那个走了的她。

无题

读李商隐诗有"何处西南任好风"句，同我心境，以其意为题

如何尽日爱登楼，
寂寞非关一片秋。
迷目云从心外起，
照怀月向望中收。
谁凭浊酒思君意，
我藉清辉做楚囚。
最是玉梯风几许，
好吹梦入碧簪头。

"何处西南任好风"？能把我吹到你的身边！

蝶恋花

晨酒初醒愁复醉。
书也慵翻，
人向窗前对。
到晚乱丝飞满纸，
如何都做关卿字。

昨夜梦痕犹未洗。
一枕相思，
明月无多计。
只恨西南风不起，
偏留我在清辉里。

原来我的诗词中，每一个字，都是关于你的。

题菊

身自香微心自寒，
秋痕满地岁华残。
从无晚蝶能怜取，
剩有霜衣不报难。
道我枯荣休在意，
问君来往为何般。
眉头若许那人驻，
谁立西风冷眼看。

曾经以为你是一株海棠，在春风中摇曳，后来
发现你应是一株带雪的寒梅，能够冰透人的
心。而今发现都不是，你其实是一朵躲在路边
的野菊花，冷眼看世间，静静等待命运的安排。

冬雨

差旅锦官城，夜饮九眼桥，恰有微雨零落，作此诗

把酒愁人鬓似蓬，
歌声留恋锦江东。
满城如醉初冬雨，
何处关情尽日风。
怕是夜长多寂寂，
谁叹梦短太匆匆。
而今寥落西南树，
难寄相思明月中。

成都的酒，醉不了愁，成都的雨更浇不灭思念。

蝶恋花

题花簪

谁把春枝裁一朵？
插在云头，
不任东风左。
自是玉梯风雨过，
月明常伴眉山锁。

对镜何须愁里坐。
烦恼三千，
欲问谁看破。
镜里朱颜如似我，
也应只做无情卧。

情和绪都被你左右，想逃却逃不掉，还不如你发上的花簪，无悲无喜。

雪

独向窗前万点飘，
谁寻旧梦过溪桥？
婆娑岁暮故人远，
憔悴寒深痴字销。
楚客持觞思往事，
谢家飞絮送今朝。
青山只自染霜色，
不管新诗也寂寥。

雪是寂寞的，诗也是寂寞的，所以憔悴了痴字！

霜天晓角

夜雪

多情欲诉，
却向更深舞。
斜径短亭倚尽，
怕将那，韶华误。

看取，无一句。
晓晴何处去？
难觅难寻难寄。
空剩有，情多处。

就怕这情，如这雪，空自消融。

蝶恋花

埋怨寒从霜草起。
为惜晨光，
独坐阳台椅。
休道宋词看未几，
一书都是伤心字。

物易人非空积岁。
午酒才醒，
又向黄昏醉。
窗外月明偏不睡，
请君尝试愁滋味。

从早晨，到黄昏，再到日落，都被一种愁
绪包围，酒也未能解开。

欲向西安闻其有雨雪

欲向长安解寂寥，
却闻雨雪满今宵。
料无逆旅寻冰蕊，
但有寒风扫碎瑶。
黄叶几多如梦落，
清樽三五是愁邀。
我于京北叹明月，
谁倚凤台吹玉箫？

不知凤凰台上的雪，可曾落在你的心里，我却
不知该如何去寻找，那一朵开在墙角的梅。

33

高阳台

题秋
近日读词话，明清各家皆说比兴，今试以比兴填词，方
知此事之难哉

　　碧水平波、高天似洗，人间万里成秋。
　　休去登高，白云只自悠悠。
　　寒雁欲宿芦花老，看斜阳，遥落平洲。
　　问西风，何处吹来，何处回头。

　　空题木叶萧萧地，道飘零如许，难载轻愁。
　　梦里韶华，偏教不许归舟。
　　酒醒酒醉情难已，把那人，细写温柔。
　　夜凄清，月色如霜，犹照西楼。

　　情不知所起，不知所终。总叫人难以自拔。

感余近事，借秋为题

秋事而今余几分，
西风吹散入江云。
雁飞楚水梦犹在，
叶落朝阳语不闻。
新句应怜情脉脉，
高楼漫说意纷纷。
我将邻菊都辜负，
明月如何频照君。

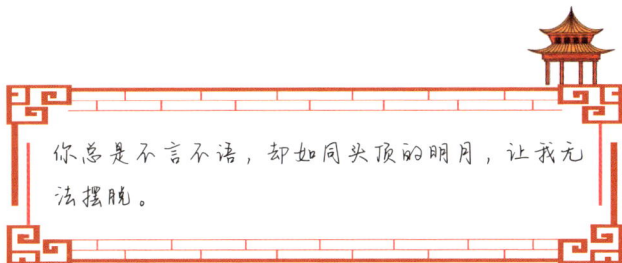

你总是不言不语，却如同头顶的明月，让我无法摆脱。

梅

不向霜寒惜此身，
飘零岂意惹君嗔。
休怜他日相思愿，
应念今朝一梦真。
触嗅暗香能试酒，
映波疏影好迎春。
南枝谁解鬓间折，
认取花前三世人。

我想，这一定是前生就已注定的缘吧。所以我将充所畏惧，一如这梅。

蝶恋花

无眠

夜永梦多人辗转，
灯火阑珊，
新恨天明晚。
不觉年华看已半，
才知情薄因缘浅。

镜里不辞人暗换，
剪去霜髯，
相识犹成怨。
当日若非秋渐短，
如何词语相思漫。

既然无法改变你，那么我就变自己，可是所做的一切都没有任何回应，从相识，到如今的每一幕都不断在脑海徘徊。

虞美人

世人说梅先春而开，然谁知其寒、其冷。今试以寒字题之

爱怜寒透萧疏影，
不甚庭园冷
若松手捻一枝香，
休去管他明日，伴谁旁。

无凭最是风和雨，
吹起零如许
鬓头肩上岂关情。
一任痴人魂断，夜如冰。

面对冰冷的你，所有人都在劝我放手，可是我能放得开吗？

一丛花

孤雁

天涯何处伴云飞？
孤影更徘徊。
葭芦却笑头先白，
向沙洲，暮色微微。
宿尽凄凉，寒侵归梦，
风雨莫相催。

春来着意共春回，
欲赠一枝梅。
东风误把庭兰认，
见问我，可与阿谁。
只道辜负，落花情绪，
无意惹芳菲。

我如这孤雁，追逐着春的脚步。在我的世界里，在我的眼里，只有一个人的身影，所以对于其他人，我只能道一声抱歉。

虞美人

无眠

无眠埋怨清辉冷，
　夜静心难静，
新词几度不成文，
空恨当时旧句，记逢君。

有缘相识无缘见，
　却道缘来浅。
梦中蝴蝶欲双飞，
飞入今宵卿梦，问伊谁。

是夜晚的清辉扰人的清梦，还是对你的思念让人无法入眠？还是缘来的太浅，我们才无法相见？

七律

诗社子美试题流光，却有感慨，故而同题

阳台月似水空明，
素影交横风倍轻。
万绪无端声寂寂，
千丝难理自萦萦。
若怜残雪欺新翠，
谁把韶华笑落英？
何幸与君同岁序，
相看不厌话平生。

希望往后的时光里，都有你的陪伴，这是我
最大的心愿。

定风波

同题流光

欲问青山何处楼，
暮云聚散梦悠悠。
江上烟波聊赖处，
看取，
人间尽是不归舟。

枝上春花长可赠，
交映，
风霜怎意渐盈头。
只有窗前昏晓月，
圆缺，
浮生空怨总难休。

在明月的清辉当中，在明月圆缺的轮回当中，我开始思考这如烟云一般的聚散。

即兴七绝(一)

孤寒最是小园风，
一叶而今势已穷。
莫道多情天上月，
清辉不照两心同。

不知道为什么我会写出"清辉不照两心同"这样的句子，总感觉这不是一个好兆头。

即兴七绝(二)

枯柳枝条解向东，
牵怀怎信漫成空。
人间本是寻常物，
沾染相思便不同。

世间万物，都能寄托我的相思，你看这
干枯的柳条，像不像我向你伸出的手，
等待你的回应？

小寒

北风瑟瑟片云横，
平野苍茫暮色轻。
寒叶霜欺余者几，
伤怀月向一心盈。
欲将近事漫题句，
却把相思频问卿。
浊泪无由推岁晚，
道关时序不关情。

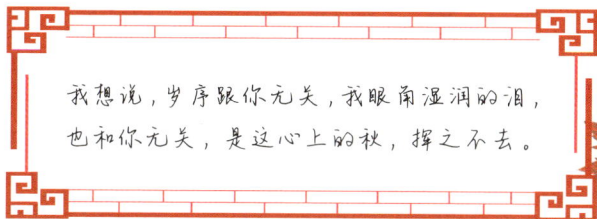

我想说，岁序跟你无关，我眼角湿润的泪，
也和你无关，是这心上的秋，挥之不去。

虞美人

风吹枯叶依时序，
岁晚零如许。
北来鸿雁早知寒，
眷恋江南春梦，已年年。

今生识见凭谁定？
我自为君等。
此情来处不由人。
却道窗前明月，好思君。

人永远都无法自主自己的情感，尤其是像我这样多愁善感的人。我们无法自主自己会认识谁，会牵谁的手，跟谁过完这一生。

46

蝶恋花

想是感怀伤岁序，
残叶萧疏，
难把新词赋。
牵念缘知滋味苦，
平添厌厌人心绪。

漫道痴狂迷不悟。
唯怨相关，
尽日题梅句。
鬓上横枝应解语，
吟笺何奈多情误。

我想我这一生，也许就着
一个痴字吧！

47

渔家傲

问询西风何处起，
萧萧偏向高楼里。
入我襟怀吹我袂，
心难已，
思君却道犹难寄。

相看荷蕖形瘦悴，
痴魂只为情无悔。
为此何妨拼一醉，
纵然是，
如花零落阶前碎。

希望我的执着，可以打动你，我也只能
把希望寄托在心底的那一份执着了！

夜行船

水仙

妆淡疏云眉姣，
独娉婷，
似为情恼。
倩谁怜取解幽香，
却无言，
向人浅笑。

长是人间春易老，
君知否，
落花多少。
肯将余生都拼却，
搏一个，
艳阳春好。

我如这水仙，愿为你绽放灿烂，哪怕拼得往
后余生，都在愁中度过。

西河

人言：少年时，唯愿得一人心白首不相离，足矣。长大后觉曾经拥有就好，别无多求；而今觉得喜欢一人，应放手一搏，但求无憾。故以此入词，题为《西河》

年少谓，春风可以为誓。
今生但得一人心，所求而已。
手沾飞絮笑鸳鸯，韶华休逐流水。

草萋萋，山连翠，夏花只自零碎。
当年应笑太天真，莫凝别泪。
念君唯怨有曾经，牵怀何若长醉。

菊花冷眼看浊世。幸逢在，风雨秋晦。
莫许此情空寄。纵然将，往后余生，
换得一个愁魂，终无悔。

已经到了放手一搏的时候了，"纵然将，往后余生，换得一个愁魂，终无悔"。

唐多令

冰花

素锦绣芙蓉，
雾含壑底松。
一夜间，
刻画从容。
纵少有缘人细看。
尚可以，谢霜风。

谁可记相逢？
在寻以自空。
倩阿谁，
问取行踪。
道是今生唯愿在，
暖阳里、漫消融。

我是扑火的飞蛾，我是暖阳里的冰花，明知
结果，却依然义无反顾。

相思

心事萧萧影自虚，
偏偏梅雪两愁予。
一枝折得情难寄，
半夜飞来扫不除。
若使六花迷野径，
何妨数瓣散沟渠。
劝君惜取相思意，
我以新诗长似初。

这相思的愁，如这夜晚飘飞的雪，怎么也难扫得干净，我却是那散落的花瓣，被你丢弃在沟渠，依然不怨、不悔。

无题

读李商隐"此情可待成追忆",叹近日情怀,反其意作
此诗

鬓色老于相识前,
使人对镜怨华年。
秋声欲诉无从诉,
明月难眠不肯眠。
我在露深迷昨梦,
谁凭霜降话今缘。
此情莫待成追忆,
留叹当时已惘然。

希望我们,不会在将来的某一天,感叹: 当时
如果……

题梅

空将芳意漫相猜，
险韵书成痴与呆。
疏影因谁浮世事，
暗香只自入灵台。
从教此夜风中去，
惟愿伊人月下来。
看取梅花浑若梦，
问之可解为君开。

某人，你读懂了吗？

武陵春

题午后晴阳

斜卧楼台人自暖，
午后醉晴阳。
我以相思作酒狂，
解释断人肠。

休把多情辜负了，
得句怯凄凉。
剩有余生几许长，
著一个，伴君旁。

如今的我，早已不在意结果，
只想为你拼尽全力。

55

一剪梅

读友子恋诗有"卿自红颜我自痴"句，余深喜之，故以此句入词，试填一剪梅

愁下心头到两眉，
情也离离，
风也迟迟。
流光寒影共徘徊，
人在楼中，
月在楼西。

卿自红颜我自痴，
一阙新词，
满纸相思。
肯将三世换余生，
白首鸳鸯，
朝暮如斯。

你是人世间最美的红颜，我甘为你痴狂，只希望余生有你。

题晴日梅花

一枝犹可作春光，
肯以情真逐艳阳。
花悴相思缘未尽，
霜寒入骨又何妨。
由来瘦影怜痴字，
谁解新愁许暗香？
君在身前风自暖，
不辞醒醉绕君旁。

我愿为卿消瘦，纵使零落天涯，也希望是在你的天涯。

立春

柳树梢头日渐长，
一丝以自过池塘。
天时未暖鸳鸯处，
诗句犹寒燕子梁。
隐见梅知冬有尽，
分明春信早相望。
今朝唯愿东风起，
共把韶华盈酒觞。

春天来了，你却还没有来，我也还没能走进你的心里。

渔家傲

题梅

情字而今余几许，
寥寥最是人心绪。
唯有花期容易误，
　　愁难度，
近日偏爱题梅句。

疏影幽香盈片缕，
爱他风雪都无惧。
莫让痴魂空自许，
　　花瘦处，
相思一瓣凭君数。

我如这梅，在你的寒冷中，独自用执着表达
对你的爱意。

渔家傲

凡梦才能迷暮鸟，
双眉愁色不堪扫。
最是一枝春色好，
　谁明了，
　他朝花落飞云杳。

我自逢人开口笑，
新词休作关情调。
痴字徒然成烦恼，
　恨多少，
　相思怎奈鸳鸯老。

再美的花，也有凋零的一天，我却用一个痴字，为自己平添烦恼！只想说一声，何苦何苦！

蝶恋花

夜饮

酒到夜阑还未已。
笑语欢声，
都入狂歌里。
蓦的悲从心上起，
一杯饮尽都无计。

若是金波能解意。
应晓其中，
多少愁滋味。
绿蚁不辞唯可醉，
相思徒令人憔悴。

酒，能解意，所以它令我醉，
而你呢？令我消瘦如许。

天仙子

心绪不胜残酒味，
空许疏狂成一醉。
情缘休遣问东风。
愁似水，人憔悴，
莫若当初相识未。

谁解寂寥灯影背，
除却无眠何以对。
但教卿梦有阿侬，
清辉里，收余泪，
头枕相思强入睡。

希望能同你在梦里相见，只是这月色
太过明亮，让人无法入睡。

梅花引

雕梁燕、飞不散，
十里却似天涯远。
相思萦，漫倾城，
此际如何，
偏向两眉生。

愁缘心事岂关酒，
痴字无凭空消瘦。
人楼东、月楼东。
卿梦里面，
可有一个侬。

这寂静的夜里，你可曾梦到过我？

立春日步韵

我欲问东君，
身何似暮云。
诗情谁解悟，
书稿不堪焚。
愁聚月华寂，
春来梅影纷。
他朝花落处，
可以醉红裙。

都说闲愁最苦，也不知是哪里来的这许
多的愁。

一斛珠

尘事扰扰，
将伊视作怀中宝，
楼头明月偏相恼。
千里清光，
可有似侬好。

春风起处繁花俏，
莺声婉转枝头绕。
香红落尽知多少。
不若伊人，
低首轻轻笑。

在我的眼底，你永远是最好的那个，
是我想用余生守护的那个人！

渔家傲

题立春后

昨宵谁叹东风又，
深寒却问无情否。
道是相思花也瘦，
痴立久，
无端湿了青衫袖。

心事多因灯影皱，
空将愁绪全推酒。
新句才能消长昼，
更堪有，
清辉直把轩窗透。

春已经来了，可是你在哪？不知道为何，
这几日泪总是不由自主地流下来，我觉得，
这段感情，也许就要有一个结果了，而且
不是我期盼的那个结果。

最高楼

君知否，
春好似清波，
自诩是情多。
无端偏向东流去，
来年山外复经过。
笑繁花，开似许，又如何。

花落处，向东风逐未，
却怎奈，更随他绿水。
缘似梦，漫成痾。
凭栏看尽人垂泪，
凄凉总是半成歌。
莫教他，春信里，任消磨。

春刚刚来，天气还带着冷冷的寒意，可是
我心里的春，已经逐了那东水。

题春

门前燕子又经过，
不厌人间好踏歌。
一树莺声花隐映，
半蒿云影岭嵯峨。
君轻尘梦老飞絮，
我以韶华逐逝波。
谁解春风来复去，
空将此事问青螺。

问佛、问禅、问缘，还是问自己，是为了什么？

第六章 不是终章的终章

——永无止境的只有思念

当所有的一切，都归于平静，我才能好好地坐下来，审视自己和这段感情，从相识到绝情般的分别，这一切，也许早就注定了，只是我太过自以为是，总是我在以为，以为会有未来！

蝶恋花

拟古诀别词

岁至春新思扰扰。
人倦心慵，
诗兴余多少？
聚散想来都是恼，
多情怎若无情好。

君影难寻缘未到。
却恨东风，
吹得浮云杳。
魂断新词焚旧稿，
从今不做关卿调。

终于到了这一天，其实从前几天的新词里，我就已经有所感觉。那么，从现在开始，学会忘记你吧！

蝶恋花

正月初三日微雨

一夜春寒侵晓雾。
半湿空阶，
半隐高低树。
若是不关窗外雨，
如何厌了人心绪。

莫向小园聊赖处，
却上楼台，
相看都无语。
恼恨东风浑不顾，
尽教消瘦梅如许。

我瘦了，不要问我为什么，也许是因为窗外那
缠绵的春雨吧！

蝶恋花

有友作"半盏清茶，半叙来时路"句，感慨甚深，故引
此句入蝶恋花

岁岁春来浑似故，
柳絮盈头，
每恨相思误。
唯有韶华留不住，
蝶飞却问归何处。

怎意相逢成一顾，
半盏清茶，
半叙来时路。
漫道落花都几许，
凭人空话风和雨。

往事如梦，我亦在梦中！

一斛珠

犹记约信，
昨宵细调胭脂粉。
今生为把春波趁，
纵被东风，
吹起飞成阵。

绣花团扇蝴蝶困，
画梁双燕空成恨。
世人多悲尘缘尽，
不晓因由，
差欠一份。

心里总是莫名地感到悲伤，也许是因为我还没有走出来吧！

73

蝶恋花

题雨水

午后骄阳风自暖。
独坐阳台，
一盏清茶满。
窗外黄鹂声婉转，
谁凭雨水怜春浅。

最是东风吹不散。
眉月眉弯，
只自无从辨。
埋怨画梁双语燕，
至今未把青丝剪。

窗外的柳，还没有绿，燕子快来了吧，可是这雕梁上画的双飞燕，怎么剪不断这心上的丝哪？

梅花引

花似醉，我憔悴，
倚尽栏杆因底事？
却无端，皱眉弯，
一声叹息，
空与漏声残。

思随深夜渐弥漫，
何处长风吹得散。
道销魂，倍销魂。
寒梅冷月，
犹向不眠人。

一声叹息，逐渐消瘦的我，伴着无眠的夜。

雨中花慢

晚风凄紧，小楼意绪，
都随夜色漫延。
有月黄山远，与我相怜。
此际关卿底事，愁人独在春寒。
更凭阑看处，
暮云聚散，只自无言。

问能销得，几个黄昏，
不觉日渐衣宽。
月也瘦，长将盈缺，画你眉弯。
想是轮回里面，欠君诗债三千。
故教今世，还伊一个，梦绕魂牵。

晚风关卿何事？明月关卿何事？是我自己在前生前世，欠了你不知多少的诗债，今生来还罢了，只是为何偏要用这情来还？

千秋岁

暮云成阵，
楼上春寒紧，
晚风不管人愁损。
夜凉侵翠钿，
灯暗梅花粉，
月渐满，
清辉只自难销尽。

见也无从见，
恨也无从恨，
欲忘也，终不忍。
可怜心上絮，
先老多情鬓，
卿一事，
新题句里休相问。

忘不了又如何？那就不去为你填新词好了。

77

蝶恋花

青翠渐能侵细草。
枝上春寒，
唯有莺啼早。
底事柳斜风料峭，
新词皆入凄凉调。

痴字原来堪可笑。
愁在眉头，
落处犹难扫。
写尽红笺添作恼，
相思最易催人老。

原来，分别后的每一首词、每一行句、每
一个字，都是关于你的。

木兰花令

差旅榕城 3 月 13 日雨

左海雨轻风细细，
卧处春痕冰玉砌。
人瘦也，问何由，
为赋新词愁一字。

偏是好梦容易醒，
香麝成灰嗟已冷。
休将断续与芭蕉，
滴尽夜寒漫灯影。

福州的雨，也洗不掉心里的愁。

蝶恋花

寒食

倚树海棠梳掠罢。
粉靥含羞，
笑我诗难写。
细雨斜风初入夜，
无端怎个成牵挂。

怕是明朝花瘦也。
且莫匆匆，
便向东君嫁。
想说与卿多少话，
不胜滴尽窗檐下。

这世上最好说的话，叫作放下；最难做的事，同样叫作放下！

蝶恋花

寒食

寒食雨风花影乱。
半绿青丝，
难把情丝剪。
镜里容颜空自叹，
诗情厌厌人慵懒。

心上闲愁吹不散，
眉下凝烟，
却笑波痕浅。
花落偏偏于彼岸，
错肩岂是前生愿。

剪不断的是情丝，吹不散的是相思。最恨，
你不是我的彼岸。

蝶恋花

梦里新词醒不记，
一院清辉，
偏满无眠地。
不是旧词难已已，
行行都是关卿字。

欲放难休当日誓，
新句将题，
清泪先盈纸。
若解渐圆明月意，
何须遍觅消愁计。

如果今生无缘，我们又何须许下来生的愿？如果这样，请给我一把剪刀，剪断这相思。

蝶恋花

梦里相逢浑似幻。
梦醒无痕，
谁立东风畔。
蝴蝶飞花长入眼，
问君可晓春光短。

唯有伊人寻不见。
一抹红尘，
谁剪相思断。
若是空余今世叹，
何须许下来生愿。

若这段情是一场笑话，那么这些文字，你们的意义又是什么呢？

蝶恋花

3 月 28 日沙尘

昨夜疾风吹到晓。
漫漫黄沙，
欲掩情多少。
欲问海棠花可好，
一枝落处空相恼。

若是乱红容易扫。
剩与凄凉，
道也无从道。
我以此情酬一笑，
如何醉醒都难了。

最想知道的是你的消息，最想了解的是你的近况。

蝶恋花

雨夜梦醒后

梦醒那堪新雨骤。
人怯春寒。
花怯东风后。
怕是花飞人也瘦，
海棠不复香衣袖。

缘浅如何诗渐厚。
为解因由，
对镜双眉皱。
却道当时词已旧，
空余枝上莺声透。

不知道你是否理解人随花瘦的意思，但是因你而
起兴的词，却越来越多。想你已经成为一种常态。

看花回

海棠

淡淡新妆浅画眉，
香满花衣。
海棠依旧才堪嗅，
怎奈他，细雨霏霏。
心怀怜取意，
风又微微。

我自由人笑我痴，
总是相思。
薄才何惜多新句，
向人间，折取一枝。
悴颜花不管，
漫漫纷飞。

我自执着于痴，你却不闻不问。所有人都在笑我。明知该放手，可是却怎么也放不下，只能对着照片，写下一阕阕新词。

临江仙

海棠初试新妆粉，
临波细画蛾眉。
薄衫可是怯风吹，
绿肥花瘦，
飞起却为谁？

燕子不知缘已尽。
剪裁柳线成丝。
可怜杨柳系新词，
新题句里，
犹自寄相思。

已经好几天没有你的消息了，我在不停地告诉自己，缘尽矣。可是心里还是放不下对你的牵挂，于是新词里面，都是对你的思念。

临江仙

李紫桃红寒烟绿，
清波照影妆新。
我偏独爱一枝春。
素颜轻粉，
半染海棠裙。

东风吹起浑不管，
一朝片片成尘。
月弯谁许刻眉痕，
落花独立，
愁杀爱他人。

也许是因为给你写的第一首词就用了海棠作为隐喻，所以在这个春天，偏爱以海棠为题。海棠已经开始凋零了，却愁了爱你的人。

声声慢

年年春好，桃李争香，
未曾识得眉黛。
今幸相逢，
应喜一枝犹在。
玉簪暗随眸转，
更爱他，笑嗔姿态。
应念我，余生都抛却，为卿潸慨。

欲把此情问起，
道只是，东风不胜无赖。
吹起飞花，赠与一波轻快。
由身欲寻梦影，
却将我，放逐人海。
更吹散，一世缘，宽了衣带。

我的词，可以感动我自己，却无法感动你，我只能埋怨是这东风，吹散了我们的缘。

南乡子

细雨过清明，
风吹柳絮，
微渐盈城。
杜宇声中春暗去。
轻轻，
玉蝶飞时梦未醒。

花落远山横，
谁将聚散，注释阴晴。
空在旧词新句里，
牵萦，
愿把韶华送与卿。

春，即将离去，可是我却没有把你放下。
都说聚散无凭，情何尝不是。

燕归梁

差旅杭州，坐于运河岸饮茶。恰逢春末，有落花飘落，
念即将返京，忽生感慨，作此词

杜宇声中独倚窗，

看花落阶廊。

落花我笑太凄凉，

他笑我，

太痴狂。

去时似梦，

来时似幻，

今暗自成伤

明朝风雨两茫茫，

休问取，伴谁旁。

朋友告诉我，爱一个人，不一定非要在一起，
放在心里就好。我也许只能在新词里说不去
问你的消息。

木兰花令

最是海棠留不住，
谁把花期轻易误。
君莫道、不相逢，
许他残杯伤春暮。

长恨一朝春去也，
空赋阶前风雨罢。
飞花已自逐东风，
我又何须成牵挂。

明知道不必再为你挂怀，不必再为你牵念，
可我总是不由自主地想你现在是不是在笑！

霜天晓角

枝头春半。
花落谁人管？
休道错肩如梦。
更凭此，
说缘浅。

向晚，魂已断。
照人月将满。
欲放如何难忘，
遍寻处，
寻不见。

就用这首《霜天晓角》作为这本集子的收尾吧，我曾去你常去的咖啡厅找过你，可是却从来没有找到，我会继续等下去，也许是一年，也许是一生！

附

贺诗

好女儿·为静云聘女贺

静云有女名曰诗音，聘与远志，题《好女儿》以贺

酒月要同斟，
对波笑浮沉，
怕甚山高天阔，
远志伴诗音。

双燕睡惜惜，
梦萧史，弄玉而今。
凤凰台上，
年华锦瑟，
结得同心。

好事近·为赵社聘女贺

天外有长风，
吹散半城残雨，
祥辉更生瑞彩，
落诗书门户。

良缘幸有天之合，
鸳鸯牵金缕。
绣出吉祥如意，
笑金风玉露。

贺独鹿诗社七岁生日

莫言往事已如烟，
记取方知诗有缘。
吾道忽惊年七载，
前程更话路三千。
宜将风骨启今意，
试数才情举世传。
浊酒何须醒逝水，
韵长只待赋青山。

为独鹿诗社八年贺

弹指人间年八载，
而今风雨话同舟。
举杯当醉陶潜酒，
破浪须吟谢朓楼。
未必房低无淡雅，
纵然窗小也清幽。
涿州双塔范阳韵，
共看苍茫起鹭鸥。

赠涿州独鹿诗社

双塔铃音空寂寂，
晴烟惊梦几回肠。
浮华未染丹青色，
岁月何辞桃蕊香。
愿许清辉明万里，
相期诗雨醉千觞。
安能辜负多情笔，
直趁东风入帝乡。

游记感怀

昆玉河春色（新韵）

京城西畔几多春？
昆玉朝南柳色新。
三两玉兰羞掩面，
七八红杏半遮门。
黄沙漫卷空留迹，
碧水潺湲少逝痕。
莫道春阑花尽去，
应惜此景入诗吟。

京城春景之玉渊潭春游

玉渊潭暖漾轻舟，
倒映春姑镜里羞。
枝上红樱开旧岸，
柳梢紫燕闹新洲。
踏青游客同花照，
寻句诗人向水愁。
心系儿童追纸鹞，
翠坪闲卧看云悠。

游涿州楼桑村三义宫有感

几多新树满桃园，
却道楼桑酒正温。
欲话英雄荒草没，
但看晴雨落花喧。
檐中紫燕皆常客，
云下朱栏是旧村。
谁遣东风吹岁月，
往时车马已无痕。

夜宿五台山三首

其一

红尘应晓最多情，
欲海无涯谁辨明。
未解禅心三世怨，
难来真我一身轻。
菩提台下话般若，
功利场中忘姓名。
岂是众生由佛笑，
人间何处不阴晴。

其二

向佛参禅学比丘，
难抛物我谓何求。
镜花迷在繁华地，
般若摇来彼岸舟。
耳畔风铃窗外月，
枕边蝴蝶世间秋。
问知烦恼余多少？
道是阴晴未肯休。

其三

苦海无涯欲问之，
八千寺宇自参差。
焚香不解三生愿，
礼佛难销一味痴。
只是前尘都似梦，
谁怜去日却如斯。
山风何必冷明月，
看取人间圆缺时。

题途中

汽笛声中老鬓华，
诗成孤旅在天涯。
满坡山色酬新雨，
一岸波光留晚霞。
易醉原非三斛酒，
难醒却是半壶茶。
持杯欲问知何处，
已过烟村第几家。

差旅武汉途中

人随烟雨下江城，
身后空余汽笛声。
看罢桑田看绿水，
千山过尽剩诗情。

差旅武汉得句

人间聚散是阴晴，
秋色寒波未肯醒。
谁解多情偏得句，
因何欲语竟无声。
留连杯酒余愁尽，
寂寞栏杆往事倾。
意气而今都负了，
却凭微雨话江城。

登黄鹤楼

昔年凭酒话，
今日始登楼。
目极江天远，
诗吟今古愁。
铁桥横楚岸，
汽笛绕汀州。
过尽千帆处，
空余东水流。

过济南

车过泉城暮色融，
烟村野树已匆匆。
怎堪人在斜阳外，
却逐波涛一路东。

差旅朔州，晚遇雨感而题

雁门烽火难寻觅，
羌笛声声酹酒来。
道有阴晴迷望眼，
谁将胜败染荒苔。
乡村犹在青山外，
诗客空吟白首回。
未及举觞多感慨，
朔州风雨复相催。

陇南夜雨感题

漫嗟青翠满山城，
入眼斜阳映碧泓。
帘上松风喧一夜，
楼头细雨落三更。
何悲无月复无梦，
应晓有阴间有晴。
莫道新诗愁未解，
我心若醒若微醒。

游银川红山堡感题

秋高云聚散，
塞上雁成行。
落日侵残垒，
西风冷客裳。
烽烟空寂寂，
草色自苍苍。
莫笑人间事，
谁知尽一觞。

差旅银川题病中

差旅银川，恰逢病中，夜雨忽来，咳不能寐，作此篇以
遣怀

昏黄灯火侵长夜，
窗外寒声落枕前。
孤影银川情似醉，
满城秋雨话无眠。
乡思一寄三千里，
诗语空悲四十年。
此景那堪逢病酒，
更兼楚客病争先。

别银川

送我轻云不肯回，
西风慢慢却相催。
莫言放目路无尽，
谁解归人心已颓。
旅梦自蒙眉上去，
飞霜偏向鬓边来。
他年何处斜阳外，
徒念贺兰嘘酒杯。

登沛县歌风台

高台云起问愁何，
空看新村共素波。
一缕烟尘成寂寞，
无声岁月自婆娑。
斜阳柳外红如许，
莲叶池中碧几多。
道是江山犹可赋，
而今谁唱大风歌。

云龙湖听无心吹箫

夜游云龙湖畔，听无心吹箫，作此诗以赠无心

暮色彭城四野垂，
云龙湖畔紫箫吹。
只缘燕子无心处，
不胜梧桐疏雨时。
一枕清波轻掌和，
半轮冷月隔云窥。
何堪斗转催人去，
去也声声步步随。

登徐州戏马台

戏马台前忆霸王，
当年旧事已茫茫。
谁怜暮色云横处，
犹似虞姬血满裳。
浊酒徒然凭醉醒，
青山何以记兴亡。
无情最是风和雨，
吹散星痕冷眼望。

题昭君墓

莫问芳姿安在哉，
天连荒草雁低徊。
诗传别恨悲青冢，
月伴胡笳梦紫台。
旧事樽前难尽处，
春风塞上几时来。
须知秋色同词客，
暮角黄沙语易哀。

游徐州燕子楼

碧水香残燕子楼，
楼中燕子未曾休。
呢喃缱绻朱檐下，
寂寞徘徊玉枕头。
若解阴晴成旧恨，
如何风雨至今愁。
无心一按箫声起，
吹得人间底事幽。

题庐山

风里如琴含碧影，
雾中锦绣隐溪流。
庐山爱把心情换，
时雨时晴扰客愁。

游滕王阁

远眺舟帆对落红，
凭栏不与古时同。
滕王阁上游人叹，
赣水烟波自向东。

江南十二韵

七绝 题运河岸柳

翠袖舞来几多春。
细腰犹梦运河滨。
龙舟不晓今何在。
仍做芊芊殿脚人。

七绝

9月1日夜宿扬州，题于小吃店

桂花藕粉肆飘香，
须蘸清风月色尝。
尚欠扬州三两酒，
西湖瘦处怨刘郎。

赠静云

才比西湖瘦几分，
思如杨柳却欣欣。
遍寻二十四桥处，
为有新诗赠静云。

七律 题个园

山影清波不胜幽，
沧桑何以上西楼。
竹林尽日云窗映，
湖石无端水镜囚。
见说风华归梦里，
谁怜意气老池头。
缘来聚散真容易，
短是昙花长是愁。

七律 题何园

几度船厅拂玉琴，
回廊九曲梦犹深。
风清曾伴佳人笑，
雨霁唯同片石愔。
休道平波含影旧，
漫嗟圆缺向花吟。
何如不老双槐树，
阅尽沧桑淡漠心。

扬州慢

炀帝行经，吴宫花月，
尽随浊浪无痕。
剩空阶鹭影，伴柳色氤氲。
几回叹，连江烽火，
画梁转眼，成败纷纭！
向瓜州，杜句辛词，邀与清樽。

而今秋赏，幸红旗，换了乾坤。
爱阡陌繁华，西湖瘦处，最是留春。
二十四桥如旧，
波光潋，似幻如真。
更霓虹相映，荷渠自是欣欣。

七律　游镇江金山寺

巍然佛像众生筹，
多少真心把愿求。
不晓我身皆是客，
须知波若可为舟。
水深但有鸳鸯戏，
情浅何教法海愁。
试问白蛇今在处，
金山依旧镇江流。

七律　过吴将太史慈墓

不晓曹刘已是尘，
犹持信义守西津。
英雄恨未凌烟上，
壮志空将绿蚁珍。
黄土一丘披草色，
青锋三尺忆吴臣。
而今莫向长江叹，
北固楼头几度春。

七律 过鲁肃墓

一抔黄土掩英雄，
芳草经年郁郁葱。
应喜迁邻于太史，
须愁看处少吴宫。
楼船铁锁乌林外，
烽火连营赤壁中。
若是孙刘盟未许，
周郎无计恨东风。

念奴娇 登镇江北固山

凭栏放目，怅高天辽阔，大江东去。
道是无情还有恨，多少风流难溯。
过尽千帆，去之千载，犹自经吴楚。
晚来风紧，昔时今日北固。

斜照犹记沧桑，苏词辛句，对此休怀古。
应笑练儿留字地，不见旧时楼宇。
狠石无声，斑斑铁塔，岁月何堪处。
年年春绿，遥看仍有飞鹭。

七律 夜游秦淮河

游船乘夜记相逢，
百里秦淮万载风。
漫道一江歌画舫，
但看两岸映霓虹。
乌衣巷外香尘远，
夫子庙前春水同。
唯有少儿浑不觉，
高声犹自笑谈中。

别金陵

欲别东吴八十州，
何妨驻足且回眸。
钟山云雨苍茫处，
玄武波涛荡漾秋。
道是多情容易老，
岂知去意总难留。
石头城外秦淮水，
从此空余几许愁。

关外三韵

七律 8月24日过山海关有感

残楼古垒碧峰间，
怀拥沧桑入海湾。
人对边声看雁字，
车随秋色出榆关。
烽烟几度金戈裂，
将士何曾白发还。
不尽诗词千里雪，
而今犹自话燕山。

七律 旅顺日俄监狱有感

红墙铁网是谁修，
屹立百年俄日留。
一页悲歌民族耻，
满墙血泪国家仇。
手摹牢壁诗难冷，
我问英雄志怎囚。
商旅却夸风景异，
频频拉客说能游。

七律 8月28日夜再过山海关

停车顾影在燕山，
塞外霜风渐渐殷。
羌笛频吹杨柳处，
青丝不伴故人还。
莫愁黄月升东海，
应喜红旗换旧颜。
几度烽烟皆入酒，
缘何事事怨榆关。

咸阳五首

咸阳怀古

眼前烟景漫盈舫，
醉里乘舟觅始皇。
谁把昨朝随禹水，
又教新雪画咸阳。
凤凰台上箫声暗，
清渭楼边日色黄。
欲问静云情寄处，
汀州杨柳谓茫茫。

登清渭楼

波涛千里意何酬，
醉后欲登清渭楼。
好揽斜阳看古渡，
还凭逝水问新愁。
安知阶陡非难上，
却道层高不许游。
李杜诗情相觅处，
依然缱绻旧汀洲。

五陵源怀古

古原落木问何频，
萧瑟西风已具陈。
野草冢头还似旧，
烟村陌上却如新。
兴亡总有关情客，
今昔谁为冷眼人。
游旅笑看秦汉处，
不知犹是梦中身。

登凤凰台

凤凰台上曲栏旁，
难觅当年旧画梁。
垣角残碑思弄玉，
阶前老树对刘郎。
寻音唯剩檐中雀，
顾影空吟瓦顶霜。
莫问繁华曾几度，
人间风雨即沧桑。

别咸阳

愁满心头月满城，
咸阳灯火竟无声。
当时别意挥难去，
何处登楼梦不成。
汽笛悠悠孤客远，
清晖皎皎伴人行。
他朝把酒如长醉，
渭水烟波可解醒。

跋

　　非常感谢李润锋先生百忙之余为这本《雪篱集》写序。李先生是我诗词学习的导师，也是他把我带进了诗词的殿堂，让我有了长足的进步。但也如先生在序中所说，我的诗词作品，还是显得有些稚嫩，还是需要继续学习。

　　这世上任何事情，都有一个结局，这本集子到这里也要结束了，这本集子的结束，但愿不是这段感情的结束。虽然很不情愿，虽然很想再多写几首。奈何我太过想让这本集子早点面世，也只能这样了。

　　不可否认，认识她的这段时间，是我创作的一个高峰期。在这本《雪篱集》里，有很多作品，都是我非常喜欢的，时时会拿出来品读、把玩。当然也有不少的诗词，写得有些不尽如人意，但是我可以肯定地说，不管哪一首诗、哪一首词，都是我用了真心、真感情去写的。每一首都带有源自内心的感发。

　　曾经我也想过，将给她写的所有诗词，全部删除；或者隐藏在某一个不为人知的角落，从此不再翻起。也曾说过，不再给她写任何东西。但从那首《蝶恋花·拟古诀别词》以后，我所写的每一首，依然是跟她有关。

　　既然放不下，那就顺其自然吧！所以我决定将这本集子出版，也算是为这段情感画上一个句号。

也许我还会继续为她写诗填词，如果有幸能够印刷第二版，我会把新的诗词添加进去。就用这本集子中的一首《雨中花慢》来作为《雪篱集》的终结吧。感谢所有打开这本集子的朋友们。

雨中花慢

晚风凄紧，小楼意绪，
都随夜色漫延。
有月黄山远，与我相怜。
此际关卿底事，愁人独在春寒。
更凭阑看处，
暮云聚散，只自无言。

问能销得，几个黄昏，
不觉日渐衣宽。
月也瘦，长将盈缺，画你眉弯。
想是轮回里面，欠君诗债三千。
故教今世，还伊一个，梦绕魂牵。

子青

2021 年 4 月 7 日于北京